SOPA DE LIBROS

Diseño: Manuel Estrada

ISBN: 84-207-8293-9
Depósito legal: M. 45.985/1997

Impreso en ANZOS, S. A.
La Zarzuela, 6
Polígono Industrial Cordel de la Carrera
Fuenlabrada (Madrid)
Impreso en España - Printed in Spain

Farias, Juan
Los caminos de la Luna / Juan Farias ; ilustraciones de Alicia
Cañas Cortázar ; notas de Raquel López. — Madrid : Anaya,
1997
120 p. : il. n. ; 20 cm. — (Sopa de Libros ; 11)
ISBN 84-207-8293-9
1. Relación abuelo-nietos. 2. Vida rural. 3. Mar. 4. Recuerdos.
I. Cañas Cortázar, Alicia, il. II. López, Raquel, not. III. TÍTULO.
IV. SERIE
860-3

Los caminos
de la Luna

Juan Farias

Los caminos de la Luna

Ilustraciones
de Alicia Cañas Cortázar

Notas de Raquel López

ANAYA

A un beso en la manga
de un jersey verde

CUADERNO 1

—¿Qué es una aventura, abuelo?
—Vivir.
—¿Y una aventura emocionante?
—Vivir —sonrió el abuelo.

(De las conversaciones de Guillermo Brown[1] con su nieta, una pelirroja que también se llamaba Guillermo.)

A *Juan el Viejo le gusta pasear la playa, al atardecer, cuando aún no se han dormido las gaviotas.*

Casi siempre lo acompaña una de sus nietas, Maroliña, la que mejor escucha.

Juan el Viejo cuenta y cuenta lo que se le viene a la memoria.

Siempre quise aburrirme y nunca pude.

A un amigo mío, a Nano, el hijo del notario Antón, siempre le era de lo más fácil.

Sólo con decir:

—Me aburro.

Ya se le ponía cara de asco.

Yo decía:

—Me aburro.

Y no funcionaba.

Una vez me encerré en el armario de guardar los abrigos cuando media mayo.

—Ahora sí —dije—, aquí, a oscuras, sin nada que hacer, seguro que termino aburrido del todo.

La oscuridad es emocionante, y más si huele a naftalina y zapato.

La oscuridad es oscura y si está callada, pues bueno, se aguanta, pero si aletea, o respira, si respira y aletea, lo mejor es irse a la cocina.

Puede que lo que oigas sea a un ratoncito comiéndose el vivo de tu abrigo de lana,

o a la carcoma que lleva años empeñada en comerse el armario,

o a un bicho enorme, verde y viscoso, que no mueve el rabo.

Lo dejé para otro día.

Mi hermana Nené estaba en el corral, a dar de comer a las gallinas y al pato sin pareja.

Le dije:

—Nené, no me aburro.

—Pues haz el pino —dijo Nené.

Y no me hizo más caso.

A Nené, mis problemas le importaban muy poco. Con los doce años cumplidos, quería ser buzo, pájaro carpintero, mariposa de abril, mamá de cinco hijos y cantante de ópera, pero delgada y rubia.

Fui a hablar con el abuelo.

El abuelo estaba en el patio, debajo de la parra, al lado del pozo, sentado en un cubo puesto del revés.

—Abuelo —le pregunté—, ¿qué haces cuando quieres aburrirte?

—Bueno —dijo el abuelo—, no es algo que me interese demasiado.

El abuelo se llamaba Nicanor y de joven fue tamborilero.

Encontré a papá en el taller, con sus herramientas y sus cosas, que era donde le gustaba estar.

Papá, con mucho cuidado y unas pinzas, metía un barco en una botella, un barco de vela, de dos palos, una goleta, a navegar a todo trapo por una mar de yeso pintada de azul y espuma.

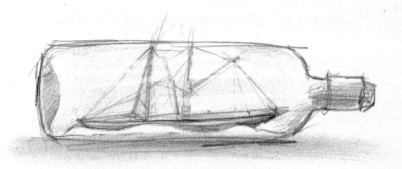

—Te queda muy guapa —dije.

—Sí —dijo él—, creo que sí.

Papá era artesano.

Papá, de joven, quiso ser marinero, dar la vuelta al mundo y todo eso, pero se mareaba.

Pasé por la cocina.

Mamá guisaba patatas con algo y salsa de tomate.

—Apostaría a que no te aburres —dije.

Mamá suspiró.

—¡Ojalá tuviera tiempo!

Maroliña y Juan el Viejo vienen con el sol a la espalda, entre las barcas varadas, debajo de las gaviotas que, al volar bajo, también hacen sombras en la arena.

Juan el Viejo anda a recordarse niño.

Aún fue ayer cuando mamá le puso la boina, le dio un azote y le mandó a la escuela.

Tenía que ir a la escuela, que aún era jueves.
Unas clases me gustaban y otras no.
Las de don Paco, sí, ésas sí.
Don Paco sabía mucho, sabía números, palabras, palabras en latín, distinguir los grillos de las grillas y encender fuego con dos piedras. Aquella mañana, le pregunté:

—Don Paco, ¿qué hay que hacer para aburrirse?

—No lo sé —dijo don Paco—, a mí también se me hace difícil.

Y como era mañana de sol, nos bajó a la playa de Barlovento, y allí, escribiendo con un palo en la arena, explicó otra vez eso de la «h», que se escribe pero no se pronuncia.

A media clase, empezó a subir la marea.

A la hora del recreo, don Paco nos dejó sueltos, se quitó las zuecas, sacó una manzana del bolsillo y se fue a comer y pensar mientras ponía los pies a remojo.

El rapacerío entró a ese juego de trepar dunas arriba para luego rodar dunas abajo.

Marola, que aún era pelirroja y tenía los ojos azules y mil pecas, encontró una almeja.

—Voy a buscar más —dijo—, a ver si lleno un calcetín y meriendo almejas con pan.

Yo también busqué y había muchas; entre Marola y yo encontramos tantas como para llenar mis calcetines y los suyos.

Nano y yo volvíamos de la escuela.

—Nano —dije—, no puedo aburrirme.

—A lo mejor hay que ser hijo de notario o algo así —dijo Nano.

Y bostezó.

Llevé las almejas a casa, mamá las abrió cociéndolas en agua con sal, me dio un limón partido en dos y dijo:

—Anda, convida a tu abuelo.

El abuelo y yo nos comimos las almejas, yo acompañándolas con un anaco de pan, y el abuelo con un vinillo de añada.

Mientras comía, me acordé de Marola.

Marola andaba casi siempre con zuecas, una bata negra y un pañuelo negro a sujetarle el pelo, como de luto andaba, a no ser por el mirar, que en eso no le asomaban penas.

—Abuelo —dijo Maroliña—, yo también me aburro poco.

—A lo mejor es cosa de familia —sonrió Juan el Viejo.

Y *siguió haciendo memoria.*

CUADERNO 2

—¿Un río? —se enfadó Huck—. No es un río, es El Río, mi río, y le ruego que lo haga escribir con mayúscula, milord.

Milord[2], por supuesto, pidió disculpas.

(De una pequeña discusión en el castillo de los Fauntleroy, la primavera en la que Huckleberry Finn[3], ya abuelo, pero aún descalzo, vino de visita a Europa.)

Tengo una playa y toda la mar.
Es un regalo de cumpleaños.
Me lo hizo papá.
—No creo que encontremos nada mejor —dijo.

Lo conté en la escuela, dije:
—Esta mañana, papá me regaló la mar.
A Nano le pareció una bobada.
Y bostezó.
Don Paco vino a darme un caponcillo.
—Eres un chaval con suerte —dijo.
A Marola también le gustó, y después de clase fuimos los dos a pasear descalzos por mi regalo de cumpleaños.

Llegó Pedro, el pescador, y subió su barca a lo seco.

Pedro tenía la barca para salir a la mar, a pedirle a la mar, y la mar le daba.

Pedro, al vernos, le dijo a Marola:

—No mires así a la mar, rapaciña, que la enamoras.

Marola se puso colorada.

—Que sí —sonrió Pedro—, que la mar no es cosa, que la mar es alguien y le gustan las pelirrojas.

Pedro lo pasaba bien diciendo lindezas.

A mí, por ser mi día, me regaló un besugo.

La playa es de arena y rocas, grande a la marea baja, apenas playa cuando sube la marea.

La mar, según le dé, amanece tranquila, melancólica o alegre y revoltosa, a veces mar de fondo, que es un venir solemne y pesado.

También puede enfadarse y entonces levanta las olas y las olas revientan contra las rocas, revientan la arena y todo es un rugido sobrecogedor.

Un día de temporal, don Paco se echó el catalejo al bolsillo y fuimos a hacer clase en lo alto del acantilado, por encima del romper de la mar y del vuelo de las gaviotas.

Don Paco, con el catalejo, acercó un barco que pasaba olas arriba, olas abajo, a rumbo Norte.

Don Paco dijo:

—Oled el viento y que os dé en la cara hasta que se os salten las lágrimas, hacedlo o tendréis aprendido algo de menos.

A la vuelta, cuando nos metimos a robar manzanas en ese árbol viejo que aún asoma por encima de la tapia del cura, don Paco se hizo el sueco.

Una tarde, mientras jugaba a piratas en la roca del Cangrejo, vi una botella en el irse de una ola.

Dentro de la botella no había ningún mensaje de náufrago.[4]

A veces pasan cosas así, pero no importa.

Me gustaba hacer castillos en la arena, castillos de tres torres y un foso todo alrededor.

Para defenderlos, tenía a mis tres soldados
de plomo, tres húsares de Pavía, dos enteros y
uno cojo[5].

Al cojo lo encontré en la barriga del besugo
que me regaló Pedro, el pescador.

En la playa se puede jugar a casi todo, y lo mejor es que, cuando mamá te llama porque es tarde o quiere algo, no tienes que recoger nada, ni colgar las olas de una percha o poner la arena en su sitio.

Lo puedes dejar todo como esté y que la mar lo baile.

En esta playa jugué a todo, a juegos de niños y a juegos de mozo también jugué.

Una tarde, andaba yo a pasear solitario, con una inquietud en las entrañas y el recuerdo de Marola mareándome las ideas.

Escribí su nombre en la arena.

Vino una ola y se lo llevó.

Lo escribí más veces y vinieron más olas.

Después grité:

—¿Cómo se llama?

La ola que vino ya lo sabía y al romper lo dijo.

Juan el Viejo quedó en silencio, que así lo quiso la nostalgia.

Maroliña, su nieta, lo cogió de la mano.

—Abuelo —dijo y no dijo más y dijo mucho.

Tampoco es mala aventura que una noche de marzo, quizá la misma noche en que la liebre[6] empezó a hacer locuras, te abandone el sueño y, por no dar más vueltas en la cama, salgas de casa, en pijama y descalzo, de puntillas, sigilosamente, con cuidado de no hacer ruido que te delate.

Bajé a la playa, a estar solo, que de siempre me gusta ver las estrellas y pensar en mis cosas, a ratos en lo que hice, a ratos en lo que quiero hacer.

Pero mira que, a contraluna, vi a papá y a mamá, sentados en la arena, mamá apoyada la cabeza en el hombro de papá, papá cogiéndola a ella por la cintura.

Hablaban sin hablar palabra.

No dije aquí estoy, di media vuelta y me fui, que uno debe saber cuándo estorba.

A la mañana siguiente, encontré al abuelo en el patio, debajo de la parra, sentado en su cubo de siempre.

Nené se había ido a no ir a clase de francés.

Era jueves.

Papá, en el taller, tarareaba una canción de las de antes.

A punta de navaja, le iba dando forma de soldado a un trozo de madera de alcornoque.

Mamá se asomó a la ventana de la cocina y con ella el olor a café recién hecho y a pan caliente.

—A desayunar —dijo, y también estaba contenta.

Me acerqué al abuelo, a preguntarle bajito:

—Abuelo, ¿qué les pasa a esos dos?

—Pregúntaselo a la Luna —dijo el abuelo—, ella lo sabe.

Y aún fue más raro, que papá; al entrar en la cocina, le hizo un mimo a mamá y la llamó mamá.

CUADERNO 3

Dos padres, cuatro abuelos, ocho bisabue-
los, dieciséis tatarabuelos... Y lo mismo que a
mi, le pasa a Humpty Dumpty[7], lo que me
hace pensar en un insufrible número de clases
de gramática inglesa.

(De cómo la nieta de Alicia Liddell visualizó eso de
las progresiones geométricas.)

Un día, de esto hace ya muchos años, dos más de los que tengo yo, papá, que aún era mozo y aprendía el oficio, fue al mercadillo de los lunes, a comprar cola de pez, tachuelas de tapicero y un queso.

Los quesos los vendía una moza que bajó de la montaña a vender quesos y comprar alfileres, cinta azul y otras cosas.

Mamá miró, y vio y se dijo:

—Es guapo.

Y le vendió a papá un buen queso.

Papá no supo a dónde mirar.

Mamá bajó de la montaña.

Sus padres, mis otros dos abuelos, dos de tus dieciséis tatarabuelos, vivían en una casa grande que parecía vieja pero sólo era antigua.

En el tejado tenía una campana.

Como la casa estaba a medio subir, a más de una legua cuesta arriba del vecino más próximo, la campana servía para pedir ayuda o decir que las cosas iban bien.

Pero la abuela, que lo perdía todo, perdió el mazo del almirez, y el abuelo, por no oírla refunfuñar, subió al tejado y bajó el badajo de la campana.

—Toma, mujer —dijo—, apáñate con esto.

El abuelo era bajo y fuerte, tan fuerte como una mula de pocos años.

Una vez, un becerrillo pisó mal y se rompió una pata. El abuelo pudo echárselo a la espalda y bajarlo a la aldea, a la consulta del huesero, que también arreglaba a las bestias.

Los abuelos vivían de tener una docena de cabras, ocho vacas y dos mastines catalanes. También tenían gallinas, conejos y un árbol que daba nueces.

Cuando íbamos a su casa, la abuela, nada más verme, sacaba los frascos de mermelada de arándanos y me ponía una faja de lana.

—Come bien y abrígate el ombligo —decía.

Al llegar el verano, el abuelo mandaba el ganado a los prados altos.

Con el ganado iban los mastines y un gañán.

El gañán libraba un día de cada quince y entonces tenía que subir el abuelo.

Me gustaba acompañar al abuelo al monte, monte arriba, a estar con el ganado y comer pan con queso.

Una vez nos quedamos toda la noche.

El abuelo encendió un fuego y me hizo dormir entre los mastines.

—Ellos van a cuidarte mejor que yo —dijo.

Fue una noche negra y oí aullar al lobo.

De madrugada me despertó un lametazo y es que el abuelo le había dicho a la mastina:

—Despierta al crío.

Y la mastina lo hizo así.

Desayuné leche recién ordeñada y pan del día anterior.

—¿Dormiste? —preguntó el abuelo.

—Dormí —dije—, pero con un ojo abierto, por si venia el lobo, abuelo.

—El lobo no viene.

—¿Por qué?

—Porque no es tonto, es lobo.

Subió el gañán a hacerse cargo. El abuelo y yo, bajamos a casa. De camino, atravesamos una nube que se había quedado enredada entre las peñas.

La abuela daba de comer a las gallinas.

El abuelo afilaba las hachas de hacer leña.

La abuela me cogió de una oreja.

—Pienso que te vas a ir y ya te echo de menos —dijo.

Yo, mira tú, echaba de menos a Marola.

A lo lejos, no tanto como para no ver que iba cargado de autobuses colorados, pasó un barco.

—¿Adónde va? —preguntó Maroliña.

—A lo mejor no va, a lo mejor vuelve —dijo Juan el Viejo—; si el capitán tiene una nieta pelirroja y está al rumbo que más le gusta, entonces va de vuelta a casa, puedes estar segura.

Cuaderno 4

—Este pueblo es único, tanto que se me hace raro el que no sea meridiano 0, el meridiano que les pasa a ustedes por encima de la cabeza.

(De una conversación que mantuvieron sir Isaac Newton[8] y el alcalde de Ballesteros de Calatrava, provincia de Ciudad Real.)

Don Paco solía decir:

—Uno tiene que saber dónde vive.

Y nos sacaba a dar clase de eso. Íbamos con él, por las calles, que nunca fueron muchas, viendo cosas que veíamos todos los días,

la casa donde vivió el verdugo,

el puente que hicieron los romanos para invadir sin mojarse los pies,

la campana de la iglesia, que es de bronce, y la pagó el pueblo, a escote,

los legajos del ayuntamiento, en los que queda escrito cuándo naciste y de quién eres hijo,

por qué hay una rana a los pies de la imagen de san Froilán,

qué piedra aguanta el arco de medio punto,

o que, al bajar el caracol del campanario, hay que estar más atento a los escalones que a las piernas de las niñas.

—Lo mejor —me dijo— es que tú bajes detrás de Marola.

Nos reímos y Marola me dio un codazo en las costillas.

—Marola, hija, que no es para tanto —dijo don Paco y me guiñó un ojo.

Juan el Viejo, su hijo, su nuera y sus nietos viven en un pueblo donde las prisas son raras y se grita poco.

La casa de Juan el Viejo está a la sombra de un castaño, a la vera del camino de bajar a la playa.

La casa tiene patio, pozo, una veleta en el tejado y una gotera en la cocina.

La veleta es un gallo de hierro que saca pecho y abre el pico, como a presumir amores o avisar que abre el día.

El patio está emparrado de moscatel.

El agua del pozo sabe a agua.

Desde la ventana de la cocina, se ve la mar.

En el pueblo, cada perro tiene un nombre y cada vecino un mote.

El cura es viejo, pero no importa

El alcalde no quiere serlo, que eso sólo da disgustos y él tiene otras cosas que hacer.

Los vecinos, pues, según les dé, que hoy es uno y mañana otro el que anda de mal humor porque no ha pegado ojo, o sonríe porque ha dormido bien. De niños, dos docenas largas. De perros, otro tanto.

Cuando hay muerto, el muerto convida a trago de orujo y tristeza.

Huele a velón que arde despacio.

Suena a rosario coral dicho en voz baja.

La campana dobla toda la noche, hasta que canta el gallo.

Cuando nace un niño, el niño convida a copita de anís y panetón dulce.

Huele a nuevo y repica la campana.

Todo les pasa a todos, y si alguno no quiere, a ése también le pasa.

Arriba, en lo alto de un risco, hay un castillo.

El campanario del pueblo también es antiguo.

El campanario funciona, pero el castillo está en ruinas.

Desde las ruinas del castillo, se ven todos los caminos, los de ir y los de venir.

El castillo lo mandó construir el conde Malo, uno que, como el notario, siempre tenía razón.

Para tener más razón, se rodeó de cien soldados, un verdugo y dos bufones.

Le gustaba quedarse con todo y con el pan.

El conde Malo murió envenenado y quedó para alma en pena.

Por las noches, dadas las doce, sale a aullar y pasa frío.

Lleva así la tira de años y ya no asusta, que uno se acostumbra a todo, hasta al progreso se acostumbra uno.

Al pueblo no le falta de nada, que está acomodado a los tiempos que corren.

La corriente es trifásica, hay un ordenador de no sé cuántos megas, todos tienen teléfono y el cabo lleva uno de bolsillo; el pulpo, en vez de secarlo, lo congelan, que también sirve, y entre otras, a las cinco y cuarto, minuto más, minuto menos, pasa por encima el avión que va a Dublín.

Eso sí, la leche recién ordeñada y el pescado fresco, del día.

Y como aún no han inventado una máquina para podar las berzas, las berzas se siguen podando a mano.

Maroliña, aún cogida de la mano de Juan el Viejo, pregunto:

—Cada vez inventan más cosas, ¿o no?

—Sí —dijo Juan el Viejo—. La última que me dejó perplejo fue ésa de los civiles sin tricornio.

El Oeste se vino despacio, a levantar marejadilla.

El nieto de Pedro el pescador —también pescador y Pedro— empujó la barca a la mar y se fue hacia donde suele haber calamares.

Don Paco clavó un alfiler en el globo terráqueo, que era viejo y estaba abollado.

—Aquí estamos —dijo—, más o menos aquí.

El alfiler tenía una banderita de papel.

—Es emocionante —bostezó Nano.

—Sí —dije—, traeré a papá para que lo vea.

—Eso estará bien —dijo don Paco—, y de paso, a ver si es capaz de desabollarlo.

Y de un manotazo hizo que el mundo girase, de derecha a izquierda, como debe ser.

El mundo, al girar, chirriaba.

Cuaderno 5

—El secreto, señor,
está en el desayuno —dijo
Passepartout—, un buen
desayuno y, además de ganar
la apuesta, no perderemos peso.

(De una página inédita de
La vuelta al mundo en 80 días.[9])

En el gallinero teníamos una docena de po-
nedoras, un gallo, un pato y una pata.

La pata, una noche, se escapó con otro pato.
Mi pato quedó solo y cabreado.

Noche de San Juan. A encender el fuego y
saltar el fuego, que así no tendrás pesadillas.

Mañanitas de San Juan. A buscar el trébole
y recogerlo cuando en cada hoja aún luce una
gota de rocío.

Día de San Juan. Mi santo, el de papá y el
de un tío de papá, uno que era relojero y tenía
seis hijas feas.

23 de junio de aquel año.

Todo en calma.

Papá daba los últimos toques a aquel soldado antiguo.

El soldado, de una cuarta de alto, tenía espada, casaca azul, pantalón rojo y abombachado, botas de media caña, espuelas de plata y dos plumas de gallo en el ros.

Pregunté:

—¿Es heroico, papá?

—No, sólo es decorativo —dijo papá— lo hago para que quien lo compre lo ponga encima del piano o algo así, al lado del retrato de una abuela bondadosa o de un jarrón con lilas de trapo.

Entró mamá a buscar el hacha de hacer astillas.

—Mañana comemos pato —dijo.

Y se fue al corral. A mí me entró llantina y escapé a los prados, a dar patadas a las piedras y pedradas a las ranas.

Encontré a Marola en el remanso del río al que solían ir las lavanderas.

Marola tendía sábanas y camisas blancas, al oreo las tendía en esa laderilla en la que, ya es rareza, se da la lavanda.

La ropa que seca así toma olor y uno lo agradece al encamarse.

Marola tendía y cantaba bajito.

Le interrumpí la canción, le dije:

—Marola, mamá le cortó la cabeza al pato.

—Será para guisarlo —dijo Marola.

Y siguió a lo suyo.

Volví a casa a la hora de las golondrinas, cuando se va el día.

El abuelo seguía en el patio.

Y papá, en el taller.

Nené, subida en el tejado, tocaba la guitarra.

La guitarra de Nené era su mejor amiga a la de estar triste, a la de estar alegre, a la de hacerse la sorda.

Mamá dijo:

—Nené, baja y ayúdame a desplumar a este bicho.

—Ya voy —dijo Nené.

Y siguió tocando la guitarra.

Pasé a toda prisa, sin mirar, que no quería ver al pato descabezado y ya medio desnudo.

Fui a mi cuarto, cerré la puerta y quise esconderme entre las páginas de *Oliver Twist*[10], pero no pude.

Dormí mal.

Soñé con el pato sin cabeza y que todos se reían de él.

Y entre todos, el conde Malo, grande, barbón, pálido y en los huesos, a decir:

—Ahora ya somos dos, yo y un pato en pena, porque éste, hasta que vuelva a tener la cabeza en su sitio, no podrá descansar en paz.

Al pato aún le quedaban dos plumas en la cola.

El disgusto se me pasó al día siguiente, casi al mediodía, cuando vi al pato en el horno, encamado en patata nueva y cebolla tierna.

—¿Puedo convidar a Marola? —pregunté.

—Puedes —dijo mamá.

Y eso acabó de alegrarme el día.

Marola vino a comer y comimos bien, que todo estaba buenísimo.

Marola, por agradar, se había puesto su vestido azul, con un lazo más azul en la cintura.

—Estás muy guapa —le dijo el abuelo.

Y era cierto.

Al caer la tarde, Maroliña y Juan el Viejo vieron pasar un albatros.

El albatros volaba muy alto y sin prisas, como quien sabe que aún tiene mucho camino por delante.

Venía del océano Índico, de la isla de los Cocos o un sitio así.

Estaba a dar la vuelta al Mundo, que les gusta hacerlo para luego tener cosas que contar.

Los albatros, para que el día se les haga más largo, viajan siempre de Este a Oeste.

No suelen bajar a tierra, que eso quita puntos.

A veces se posan en los mástiles de los barcos y son capaces de dormir colgados del aire.

De tanto volar, acaban por saber tres idiomas: el suyo propio, que no tiene gerundios, el de las ballenas, que quizá sea el más antiguo, y el holandés, que lo aprenden de un marino errante[11], el capitán de ese buque fantasma que navega para siempre en una mar embravecida.

—Y con ésta, ya sé de tres almas en pena —dijo Maroliña.

— Hay más —dijo Juan el Viejo—, a cientos las hay, pero las pobres son inofensivas. Tú, por gentileza, si ves a una y te dice o te aúlla, haz como que te asustas. No me seas despectiva, que eso molesta.

Cuaderno 6

—¿Que el cachorro se comió uno de tus calcetines morados? Bueno, si salta y mueve la cola, no hace falta que lo lleves al veterinario.

(De «Cómo cuidar de tu mascota», por el doctor Dolittle[12].)

Entre rapaces, rapazas y perros, éramos dos docenas largas.

Y allá íbamos todos, calle arriba, calle abajo, a todo correr, con prisas por llegar a ningún sitio.

Gritar, gritábamos, que en silencio sólo se corre en clase de gimnasia sueca.

Siempre nos salía alguien, un señor, una señora, cuando no el municipal, a protestar:

—¿No podéis hacer menos ruido?

—Pues no, no podemos —replicaba Claudine, que era francesa y descarada.

El padre de Nano, don Dionisio, el notario, en vez de protestar era despectivo, nos miraba desde encima del nudo de su corbata y no decía una palabra, lo que es como otra forma cualquiera de decir:

—Desgraciados.

Don Dionisio trataba a la gente de tú, oye tú, pero a él había que tratarlo de usted, don Dionisio.

Don Dionisio no se rió nunca, porque reírse, y más en público, es cosa de gente vulgar.

—Mira, Maroliña —dijo Juan el Viejo—, si no puedes meter los pies en los charcos, correr detrás del perro de la sacristía o que el perro de la sacristía corra detrás de ti, si no puedes hacer estas y otras cosas emocionantes, no merece la pena ser notario, señor don y notario, créeme.

Maroliña no oyó la parrafada, que con el pie descalzo estaba a asustar a un cangrejo, y el cangrejo, asustado, se escondió debajo de la arena.

Don Paco, el maestro, no paraba de decir:

—Estaos quietos.

Pero no le hacía mucha gracia que estuviéramos quietos.

Si estábamos quietos, preguntaba:

—¿Se puede saber qué pasa?

Y se le ponía cara de preocupación.

Renato, el de la pata de palo, tenía un huerto, y en el huerto, dos cerezos de mucho dar.

Renato, en primavera, nos corría a pedradas.

La culpa no era nuestra; la culpa era de las cerezas, que, cuando les daba el sol de después de clase, cantaban como dicen que cantan las sirenas, y a nosotros nadie nos tenía amarrados a ninguna cosa.[13]

Don Paco solía venir a casa a envidiar a papá.

—¿Cómo puedes hacer estas cosas? —preguntó una vez.

—Con paciencia —dijo papá.

—Y algo más, que paciencia tengo, pero a mí no me salen.

—Lo que usted diga, don Paco.

Mamá sacaba unas cuncas de vino verde y un poco de queso.

Papá y don Paco se quedaban a hablar de todo y de mí.

Papá vio que la pintura del soldado aún no estaba seca.

Lo puso en la ventana, al aire.

Pasó doña Julia, la de la farmacia, y quiso comprarlo.

—Lo pondré en el escaparate —dijo.

Papá hizo negocio y se llevó un disgusto, pero le duró poco, que al poco estaba otra vez en el taller haciendo un atril con varitas de mimbre.

CUADERNO 7

Elegante, flemático, y con buenos modales.
Educado en Eton, no lo dudes. Procura estar
alerta, viejo, o se comerá tus cañamones.

(Consejo que se dio, a sí mismo, el capitán Flint[14],
cuando supo que él y el nieto de Jim Hawkins habían
sido invitados a la cena anual en casa del editor, señor
Macmillan.)

Claudine vivía en París.

Ella y su tía, *madame* Colette[15], pasaban aquí el mes de agosto.

Petouto, el gaiteiro, les alquilaba esa casita que está camino del cementerio.

Madame Colette, un día de lluvia que le presté mi boina a Claudine, me regaló un calendario atrasado.

El calendario era propaganda de una marca de chocolatinas suizas.

En las láminas, cuatro así de grandes y en colores, había un mandarín de paseo por la Gran Muralla, un torero al pie de la Giralda, un filósofo antiguo entre las columnas del Partenón, y un general francés, montado en un camello, delante de la esfinge de Gizeh.

La esfinge movía el rabo para que le dieran una chocolatina.

Madame Colette era viejecita y amable. No me importaba que estuviese en mi playa, con su libro cerrado bajo el brazo, debajo de su sombrilla azul, paseando descalza por la arena húmeda.

—Esto es bueno para los pies —decía—; los caballos también lo hacen.

Tener una amiga de Francia, ser amigo de una *demoiselle,* me parecía fantástico.

A Marola le gustaba menos.

Marola, el día en que le presté mi boina a Claudine, murmuró:

—Acabaré por sacarle los ojos.

Claro que no lo murmuró de veras.

Todos, y el perro del sacristán con nosotros, volvíamos de la playa, de bañarnos y jugar a piratas.

Era la hora de irse el sol.

A Poniente, enrojecían las pocas nubes, una en forma de pez espada.

Al Este, tierra adentro, por detrás del castillo del conde Malo, asomaba la luna llena.

En el camino de subir, Claudine y yo, hablando de que en Francia se habla francés, nos quedamos rezagados.

Claudine me cogió de la mano.

—Voy a darte un beso —dijo.

No supe qué decir; dije:

—Bueno.

Y cerré los ojos, pero los abrí casi de rebo-te, que delante de nosotros apareció Marola, con los brazos en jarras, a mirar a Claudine, a mirarme a mí, a mirarnos a los dos con cara de mala leche.

—Es mío —dijo.

Yo no lo sabía, pero ella lo dijo; dijo:

—Es mío.

Cuando uno se entera de una cosa así, se le hace raro.

Claudine se fue.

Y Marola me dio la espalda.

Me quedé solo y pensativo.

Se iba el sol.

La campana de San Benitiño sonó dos veces.

Juan el Viejo mosqueó.

—¿Dobla?

—No —dijo Maroliña—, eso es que los rapaces le han dado dos pedradas a la campana.

Y debió ser cierto, porque la campana no sonó más.

Cuaderno 8

—Es una discusión interminable y gratuita.
Olvídala, hazme caso. Lo único cierto es que
tú sin tu sombra, o tu sombra sin ti, no po-
dréis ser felices nunca.

(Consejo que dio Peter Schlemihl[16] a un me-
lancólico músico de Bremen[17].)

Juan El Viejo y Maroliña, *mientras pasea-*
ban la playa y los recuerdos, encontraron una
caracola.

Si encuentras una caracola es que has teni-
do la suerte de encontrarla.

La pones en el alféizar de la ventana, con la
punta al viento y el viento, cuando viene, la
hace silbar.

Por la noche, el silbido de la caracola aman-
sa el sueño y no sueñas con naufragios; a lo
mejor sí con sirenas.

Papá terminó el atril y mamá dijo:

—No lo lleves a vender, regálamelo.

Mamá colocó el atril en la mesita de costura que también le había hecho papá.

Y en el atril, puso un libro.

Y como era capaz de hacer dos cosas a la vez, leía y zurcía al mismo tiempo.

Papá se sentó en la mecedora, delante de la ventana, enfrente de mamá, a mirarla.

Mamá, de vez en cuando, levantaba la vista y miraba a papá.

El padre de Marola era cartero, en bicicleta y con gorra de plato.

Algunas cartas las trataba con afecto.

Las del notario Antón, las cogía con dos dedos, que a buen seguro eran documentos importantes.

Para entregar las cartas de luto, se quitaba la gorra.

Si sabía que una carta traía malas noticias, lo pasaba mal.

El padre de Marola era un buen hombre.

Si alguna vez hubo una comadrera jefe, ésa fue la madre de Marola.

La madre de Marola miraba al suelo y de reojo.

Siempre tenía la nariz metida en los asuntos de los demás.

Marola vivía arriba de la cuesta, en una casa pequeña y un poco rota.

Mi gusto, si no andaba en otro quehacer, era subir la cuesta y gritar:

—¡Marola!

Antes que Marola, salía el perro, un palleiro grandote y tristón.

—¡Hola! —decía con el rabo.

Y yo le rascaba entre las orejas.

Marola tenía el genio vivo y un mal pronto.

Una vez, en la playa, mientras ella andaba a los caramujos, le cogí una zueca, le hice vela con una hoja de higuera y la eché a la mar.

La vela cogió viento y la zueca se fue a la quinta puñeta.

Marola dijo:

—¡No seas crío!

Y me tiró la otra zueca, que no me dio, que, si me da, me descalabra.

Claudine ya se había ido.

Terminaba de pasar el mes de agosto, que siempre se me hacía corto.

Marola, Nano y yo subíamos a las ruinas del castillo.

Marola, a ser la princesa cautiva, yo, el caballero que acude a salvarla, y Nano, el dragón que bosteza, los tres personajes de un cuento que había vuelto a leer la noche anterior, mientras venía el sueño.

—¿Y si el conde sale a deshora de su tumba? —preguntó Nano, sin interés, cansado de trepar monte arriba.

—Eso no puede pasar —dijo Marola.

—Imposible —dije yo.

Pero, por si acaso, nos quedamos a medio camino, en el recodo que llaman del Verdugo.

Nos dio pretexto una silveira cuajada de moras ya maduras, azules y dulces.

En una piedra, al sol, sesteaba una lagartija.

Aquel día pasaron más cosas y me acuerdo de las más importantes, de un cachorro de palleiro, que lloraba porque no encontraba a su madre, del sacristán, a medio afeitar, de Anselmo, el municipal, haciendo equilibrios en la torre del reloj para adelantar el reloj un cuarto de hora, y del sol, que vino a caerse dentro de aquel charco y me deslumbró cuando iba a ver reflejadas las piernas de Marola.

También fuimos a los grillos.

Marola cazó uno grande, de color tabaco, y me lo regaló metido en una caja de cerillas.

Llevé el grillo a casa, lo saqué de la caja, lo solté en la tierra del macetón con geranios y le di una hoja de lechuga.

El abuelo, otra vez en el patio, debajo de la parra, al lado del pozo, sentado en un cubo puesto del revés, había vuelto a irse.

Tardé años, tuve que vivir mucho, crecer y hacerme viejo para saber a dónde se iba el abuelo.

El abuelo, memoria adentro, se iba a tener veinte años, a tocar el tambor en la feria de Celanova, a mirar de reojo a la pequeña bailarina de ojos claros y sonrisa triste, a mi abuela cuando ella aún no sabía que iba a serlo.

Nené, en el tejado, veía pasar a la Luna.

Mamá, sentada en el brocal del pozo, pelando guisantes, miraba a Nené.

—Mi niña está enamorada —dijo.

—¿De quién, mamá?

—Del amor, supongo.

El grillo, ya acomodado, dio su opinión.

Me fui a jugar con mis soldaditos de plomo.

A Marola y a mí, porque nacimos en marzo, nos gustaban los grillos.

Los grillos, más de un perro, nadar, el viento y tantas cosas.

Y a mí, sin yo saberlo, me gustaba Marola.

Marola, antes de encanecer, tenía el pelo rojo, los ojos claros y mil pecas.

Conclusión

—Abuelo, ¿la abuela se llamaba Marola porque yo me llamo Marola?

Juan el Viejo sonrió.

—Puedes apostar a que sí —dijo.

—Lo sabía —dijo Maroliña.

Y salió corriendo, a levantar con un grito largo a media docena de gaviotas que ya empezaban a quedarse dormidas al borde de la marea.

Mira, Maroliña, hija, no sé en qué terminará tu siglo XXI, pero aún en el caso de que un día puedas darle la vuelta al tiempo y asomarte a ver cómo baila el dinosaurio en tu jardín[18], o, superada la velocidad de la luz, viajes al planeta Mongo[19], en el rápido de las siete y cuarto, a pasar un fin de semana, piensa que naciste de un beso, que tu mejor recuerdo, tu recuerdo inolvidable, será, al fin, un beso.

Créeme, si no hay amor, no hay hombre.

Tu abuelo

(Carta que, 30 años después, Maroliña, la nieta de Juan el Viejo, encontró entre las páginas de un muy leído *Lazarillo de Tormes*[20].)

Ares (La Coruña), verano de 1996.

NOTAS

[1] *Guillermo Brown,* de Richmal Crompton.

¿Por qué no leería antes *Las aventuras de Guillermo Brown*? ¿Por qué no caería este libro en mis manos cuando tenía diez u once años? ¿Por qué no descubriría las aventuras de la pandilla de *Los cinco secretos,* siempre tan listos y aseados, o las historias de *Las señoritas de Torres de Malory* en un internado inglés, tan lejano a mi vida en el barrio?

Descubrí demasiado tarde que había un muchacho en la literatura, llamado Guillermo Brown, que podía darme ideas de verdad para mis juegos en el patio, respuestas acertadas a lo que los mayores me preguntaban, el valor necesario para saber que podría haber sido la capitana de mi calle.

Sus aventuras me han llegado tarde. Guillermo me recuerda que ya no tengo edad para comportarme como él con su panda de proscritos, que se burlan de todo lo formal y lo estirado. Ahora ya sólo me queda el Guillermo de los libros, no el compañero de juegos. Pero a veces me imagino que me tomo con ellos un agua de regaliz y que preparamos un plan definitivo para acabar con todos los que exigen orden, disciplina y seriedad.

Tú todavía estás a tiempo. Busca un libro de Guillermo en la biblioteca o en casa de un pariente algo mayor, abre sus páginas y prepárate para ser feliz.

² *El pequeño lord,* de Frances Hodgon.

Cuando terminé de leer esta novela caí en la cuenta de la cantidad de historias que conocía en las que un niño transforma, sólo con la fuerza de la inocencia y el cariño, la vida de un adulto amargado y triste, generalmente su abuelo.

De todas las que ahora recuerdo, la que más me gusta es la de *El Gigante egoísta* del escritor Oscar Wilde. Lloré con ese gigante la muerte del pequeño que había llenado de primavera su jardín amurallado. Pero también *Heidi,* que cambia el carácter insoportable del viejo de los Alpes, o *Mujercitas,* donde la más débil de las hermanas consigue hacer del severo abuelo de Lory un buen vecino.

El pequeño lord es la historia de un abuelo orgulloso que cree no necesitar a nadie, y cuando, obligado por las circunstancias, trata de recuperar a su nieto para convertirlo en su heredero, se encontrará con un niño extraño, que le quiere porque sí, porque necesita un abuelo, que no le pide nada y que llevará la primavera hasta su corazón invernal.

³ *Las aventuras de Huckleberry Finn,* de Mark Twain.

Siempre que recuerdo el libro de Huck se me aparece el río y su olor a cieno y a quietud. Desde que leí este libro, el Mississippi ha sido un territorio de huida, de riesgo y de juego, un lugar para ser auténticamente dichosos: al aire, al sol, descalzos, sin nada que hacer.

Huck es mi héroe, libre frente a todos y fiel, hasta el fin, a su único principio: la amistad. Me gusta más que su inseparable Tom Sawyer y, si tuviera que elegir un amigo entre algunos personajes de la literatura, elegiría a Huck con los ojos cerrados. De Huck me fío.

Si lees este libro, comprenderás que a veces, por encima incluso de los lazos de sangre, está la fuerza de la camaradería, que nos hace ser, ante las grandes dificultades, más valientes y generosos.

⁴ *El manuscrito hallado en una botella,* de Edgar Allan Poe.

Un viajero deja escrito el testimonio de un terrorífico viaje en barco y arroja el texto al mar para que alguien lo encuentre y conozca su desgracia. Este escrito se convierte en una historia de auténtico miedo, sin sangre ni monstruos, que nos llena de angustia y espanto.

Yo sabía que estaba leyendo las últimas palabras de un hombre que fue tragado por el mar, que estaba destinado a morir en un lugar sin salida posible, acompañado sólo por viejos fantasmas del pasado que paseaban mudos por la cubierta del barco.

Edgar Allan Poe, maestro de los cuentos de terror, consigue crear a través de las emociones del personaje un ambiente cerrado, una historia que nos aprieta el corazón. Como una buena película, parece que sucedió de verdad y que alguien nos la quiso contar a nosotros solos, en la intimidad, para que fuéramos testigos de su desesperanza y su desolación.

[5] *El soldadito de plomo,* de Hans Christian Andersen.

Dicen que los cuentos de Andersen suelen ser tristes. Dicen que es porque él fue un hombre triste. No sé, *El soldadito de plomo* es un cuento lleno de valor, es un viaje arriesgado, necesario para demostrar que un soldadito cojo es digno de amar a la perfecta bailarina del castillo de papel. Ningún peligro verdadero hace que el soldadito desfallezca: ni ratas de alcantarilla chillonas, ni peces hambrientos, ni celosos duendes.

Cuando el soldadito regresa por fin a casa, ahí está su bailarina esperando al héroe que decidió aventurarse a salir fuera de su caja de latón.

Parece que Andersen en su propia vida sufrió por amor y eligió como protagonistas de sus cuentos a un soldadito roto o un patito feo para tratar de explicar sus penas.

No es por llevar la contraria, pero a mí el final de este cuento no me parece triste. El soldadito y la bailarina terminan unidos después de superar grandes dificultades.

⁶ *Alicia en el País de las Maravillas,* de Lewis Carroll.

Lewis Carroll le regaló a Alicia Liddell un cuento en el que una niña como ella, que también se llama Alicia, inicia un vertiginoso viaje a través de una madriguera persiguiendo a un conejo blanco.

Y a partir de ese momento, Alicia, la del cuento, come y bebe todo lo que encuentra a su paso, y crece y mengua, empeñada en pasar por una puertecita que da a un precioso jardín. Una oruga fumadora, un sombrerero loco, una liebre de marzo, un niño-cerdito, una sonrisa sin gato y una irritada reina de corazones forman parte de un inquietante mundo subterráneo que aparece por donde ella camina.

Lewis Carroll se inventa para su amiga otros lugares que no conocemos aquí arriba, donde se habla de otra forma y es complicado poner en práctica lo aprendido en la escuela.

Alguien me ha dicho que *Alicia en el país de las maravillas* es un libro un poco difícil; yo creo que es un libro excelente para leerlo en verano, tumbados bajo una sombra, justo cuando entrecerramos los ojos y empezamos a confundir las nubes que pasan con conejos blancos.

⁷ *Alicia a través del espejo,* de Lewis Carroll.

El tentetieso Humpty Dumpty, uno de los personajes más curiosos del libro de *Alicia a través del espejo,* se sostiene en una estrecha valla sin caerse. Juega a hacer equilibrios con las palabras como sólo los niños y los poetas saben hacerlo.

A Humpty Dumpty se le da bien el lenguaje, pero le cuesta calcular, aunque con una resta le demostrará a Alicia las ventajas de celebrar los días de no-cumpleaños en vez del cumpleaños (365-1=364). Como verás, el considerable aumento de regalos es como para pensárselo.

Este tentetieso burlón con forma de huevo no me enseñó matemáticas, pero sí que las palabras pueden significar lo que queramos que signifiquen. Para eso sirve el lenguaje, para traerlo y llevarlo, estirarlo y columpiarlo; puede estar siempre en el borde sin romperse nunca.

Para ser ésta una historia con poca lógica, saqué dos conclusiones de su lectura:

–Todos los días del año hay algo que celebrar.

–Por mucho que lo armes y desarmes, el lenguaje es un juguete irrompible.

[8] Isaac Newton.

¿Qué hace Newton, el matemático, astrónomo y físico, aquí mezclado entre aventureros, navegantes y pillos? ¿La historia de la manzana en la cabeza y la teoría de la gravitación universal justifican su presencia entre semejante pandilla?

Bien mirado, la ciencia y la aventura tienen mucho que ver. Formular una hipótesis es como construir una historia, es inventar una explicación que no existía: ¿Y si las cosas no se cayeran al suelo? ¿Y si los príncipes no dieran besos de amor?

La verdad es que sin Newton, Alicia no se hubiera caído por la madriguera del conejo, ni Guillermo del árbol mientras espiaba, ni el ciego de Lázaro se hubiera precipitado en el barro... Bueno, sí que lo hubieran hecho, pero gracias a Newton ahora conocemos la razón.

«Dos puntos materiales se atraen el uno al otro con una fuerza proporcional a sus masas respectivas e inversamente proporcional al cuadrado de su distancia.»

[9] *La vuelta al mundo en 80 días,* de Julio Verne.

Nunca supe qué me atrajo más de *La vuelta al mundo en 80 días:* asaltaba mi fantasía un sinfín de cálculos (una media de 500 km/día) de combinación de medios de transporte, horarios, paralelos y meridianos. Todo medido cuidadosamente. ¡Y sin contar con el avión!

No me llamaba tanto la atención la geografía del recorrido como la planificación ordenada de la aventura, el ingenio que se ponía en juego para vencer las dificultades.

Pero el protagonista, Phileas Fox, no me encajaba en esta aventura de Verne, que me parecía más propia de los tres mosqueteros o de Indiana Jones, pero nunca de un perfecto caballero inglés con mayordomo incluido. Me resultaba sorprendente que, después de este gran viaje, el personaje no hubiera cambiado gran cosa y su máxima ambición consistiera en volver a Londres a compartir las, supongo aburridas, conversaciones con sus amigos del Reform Club.

En fin, así es la vida. Unos quieren vivir las aventuras por vivirlas y otros sólo por contarlas.

[10] *Oliver Twist,* de Charles Dickens.

Conocí a Oliver Twist, como un niño flaco y rubio de mirada ausente y triste, en una película en blanco y negro de la que recuerdo un viejo con una enorme nariz y un perro con un ojo negro que durante días se me apareció en sueños.

También recuerdo que lloré y salí del cine decidida a leer esta historia que me había emocionado. Y la novela de Dickens me gustó aún más que la película. El autor añade a las grises imágenes del cine ternura e ironía y consigue hacer creíble que un niño que parece destinado a la miseria pueda terminar conquistando un lugar en el mundo.

Oliver Twist es un libro que pueden leer los adultos y los niños porque, aunque presenta situaciones muy duras y difíciles (robos, pobreza, violencia...), es un libro que mira al futuro y crea esperanza en un mundo mejor.

[11] *El buque fantasma,* de Richard Wagner.

El holandés errante es una leyenda repetida una y otra vez por toda Centroeuropa. Cuenta la historia de un marinero que ofreció su alma al diablo a cambio de viento para navegar. A partir de ese pacto, el barco fantasma del marino surca los mares entre tormentas y galernas condenado para siempre a vagar sin destino ni puerto al que llegar.

Este relato inspiró al músico Richard Wagner para componer una ópera donde refleja el misterio del mar, la fuerza de la naturaleza y la pena del que no tiene final para su viaje.

Si puedes leer el texto de la leyenda mientras escuchas la música de Wagner, oyendo el canto de los marineros y la furia del mar a través de sus acordes, te garantizo una experiencia inolvidable.

[12] *El doctor Dolittle,* de Hugh Lofting

Conocí a un hombre que vivía en el cuarto piso de mi edificio rodeado sólo de animales, que me recordaba algo al doctor Dolittle. Yo le llamaba Doc.

El doctor Dolittle era el protagonista de varios libros que leí en la biblioteca. En ellos se contaba de manera muy divertida y tierna las aventuras de un médico que dejaba de atender a los humanos para dedicarse a cuidar animales.

Reconozco que estos libros llenos de fantasía fueron mi primer acercamiento a las curiosidades del mundo animal, pues en ellos descubrí las enormes posibilidades que tienen los hombres y los animales para relacionarse y entenderse.

Como decía, mi vecino del cuarto hablaba con sus animales como el doctor Dolittle. Al doctor de los cuentos le entendía porque el autor se encargaba de traducirme las conversaciones. Al vecino, nada de nada, por más atención que ponía a sus ruidos, silbidos y chasquidos cuando conversaba con el zoológico que tenía en casa.

No hay nada como una novela para acercarse a la vida real.

[13] *Odisea,* de Homero.

La *Odisea* es una larga historia en verso, escrita por Homero, un poeta ciego de la Antigua Grecia.

Este poema tiene como protagonista a Ulises, un héroe obligado a serlo, cuyo único objetivo es regresar a su hogar, en Ítaca; la *Odisea* no es un viaje de ida, sino sólo un viaje de vuelta. Ulises, el de los muchos recursos, como suele llamarlo Homero, no dispone más que de su inteligencia, su astucia y su pequeñez para salir airoso de todos los peligros que amenazan su regreso a casa. ¡Qué fácil resulta identificarse con él en sus aventuras por lugares fabulosos: en el país de los lotófagos, en el de los cíclopes, con la maga Circe, en los infiernos y en el mar de las sirenas...! Al final, el héroe llega a casa y, como recompensa a su valor, encuentra a Penélope, su esposa, que tejía y destejía en una espera sin límite.

Cuando leas este emocionante poema entenderás, entre otras muchas cosas, expresiones de la vida diaria como: «esto es una odisea», «fue una acción homérica», «eso son cantos de sirena» y «todos tenemos una Ítaca adonde queremos volver».

[14] *La isla del tesoro,* de Robert Louis Stevenson. Mi maestro me enseñó que los buenos no siempre son buenos ni los malos siempre malos. Pero nunca lo entendí. Sólo recuerdo lo enfadado que estaba y la bronca que nos echó por fiarnos de las apariencias. Entonces no habíamos leído *La isla del tesoro,* no conocíamos a John Silver, el pirata a quien seríamos capaces de amar y odiar a la vez, y los cuentos de piratas y tesoros escondidos sólo servían para hacer más cortas las eternas siestas del verano.

Entonces veíamos el mundo con los ojos de Jim antes de embarcarse en la *Hispaniola*. Después descubriríamos que la ambición, la inocencia, la rectitud o la traición no están de un solo lado, sino que son ingredientes de la vida de cualquier aventurero que se lance, con audacia, a buscar el tesoro de ser uno mismo.

[15] *Claudine,* de Colette.

Colette, una curiosa escritora francesa que empezó firmando sus obras con el nombre de su marido Willy, creó el personaje femenino de Claudine y la hizo protagonista de cuatro de sus libros.

En *Claudine en la escuela,* el primer libro de la serie, conocí a una muchacha que vivía disfrutando de lo que la rodeaba: la naturaleza, los colores, los sabores y las sensaciones que el mundo le ofrecía. Claudine tenía un desparpajo y una desenvoltura que las chicas de mi clase no teníamos; comentábamos sus aventuras y, en el fondo, nos daba un poco de envidia verla un tanto descarada con los profesores, un poco presumida con sus amigos y, sobre todo, que era francesa, y eso sí que nos parecía un mérito imposible de alcanzar.

[16] *La maravillosa historia de Peter Schlemihl,* de Adelbert von Chamisso.

Se puede perder la sombra, por ejemplo, un día de despiste o una jornada de mucho calor cuando incluso la sombra se niegue a hacernos sombra, o se nos puede olvidar recogerla una de esas mañanas de invierno sin sol, que se oculta entre las sábanas sin querer levantarse.

Pero no se puede vender la sombra a un siniestro personaje que puede sacar de su bolsillo, desde un pañuelo para una dama, a una alfombra para que descansen 200 invitados.

¡Pobre Peter Schlemihl! Creyó que hacía un buen negocio y entregó su sombra a cambio de una fortuna. Rico, sin sombra y sin amor, vaga por toda la tierra, huyendo de sí mismo y del mundo entero, porque un hombre sin sombra levanta sospechas...

Hay muchas historias como ésta de Chamisso en la literatura de todos los tiempos: los hombres están dispuestos a vender su alma o su sombra, que es lo mismo, a un gran embaucador a cambio de riquezas, de la eterna juventud o de la inmortalidad. Aunque algo debe de suceder, porque, pasado un tiempo, todos quieren deshacer el trato.

[17] *Los músicos de Bremen,* de los hermanos Grimm.
Mi abuelo siempre me contaba este cuento de los hermanos Grimm haciendo aspavientos cuando imitaba las voces de los cuatro animales que asustaron a los tontos ladrones.

Nunca recuerdo si los cuatro amigos llegaron a Bremen y menos si fueron músicos municipales como era su pretensión, ¿por qué se llamará el cuento *Los músicos de Bremen?,* pero a mi abuelo le gustaba esta historia. Cuatro animales viejos —un asno cansado de cargar, un perro que ya no ladraba, un gato que no cazaba ratones y un gallo que sólo servía para caldo— se encuentran en un camino y juntan sus tristezas. Lo que tienen de viejos, lo tienen de listos, y la vida les ha enseñado a compartir y a ocupar cada uno su lugar: el burro abajo, el perro y el gato en el medio y el gallo arriba para divisar a lo lejos... Mi abuelo se sonreía al final del cuento y, ya con la voz más calmada, decía: «...y allí se quedaron a vivir juntos para siempre. Y colorín...».

[18] *El dinosaurio en el jardín,* de Augusto Monterroso.

Monterroso es un fabulista del siglo XX. Como Esopo o La Fontaine, ridiculiza a través del comportamiento de los animales los defectos de los hombres. En la simplicidad de sus historias y la claridad de su lenguaje se recogen los grandes vicios del hombre moderno: la avaricia, el ansia de poder, la violencia o la falta de solidaridad.

Este autor parece buscar con la brevedad de sus textos la sorpresa en el lector, que tiene que completar con su experiencia el sentido de la historia. Unos dicen que Monterroso escribe tan breve porque es un autor perezoso, otros que maneja a la perfección el esquema del chiste: tiene que ser corto y con un final inesperado.

Leer a Monterroso es como tomar una píldora de poderes muy concentrados. Pasa por la garganta sin dificultad, pero sus efectos en el interior son definitivos.

[19] *El planeta Mongo* (Flash Gordon).

Los tebeos de Flash Gordon me llegaron como una medicina durante una enfermedad que me retuvo en la cama 21 días.

El tiempo se me hacía eterno y sólo rompían el monótono paso de los días los sobres de cromos que mi padre me traía al volver de su trabajo y los fascículos con las aventuras del héroe, que me pasaba un vecino, algo mayor.

Uno cada día y me dejaba cada noche en vilo, sin saber si por fin Flash Gordon había vencido a los resistentes del planeta Mongo.

Monstruos indescriptibles, hombres lagartos, fuerzas del mal que pretendían acabar con él y alejarlo de su chica para siempre, y yo en la cama, peleando con unas paperas, rodeada de cromos y tebeos de Flash, que me recordaban que el mundo de allí afuera me esperaba y que estaba lleno de trepidantes emociones.

[20] *Lazarillo de Tormes* (Anónimo).

El *Lazarillo de Tormes* es la cara y la cruz de la infancia pobre, el crecimiento a base de golpes y dolor, pero también la mirada aguda, el gesto rápido que asegura la supervivencia de los niños en el mundo de los adultos.

El *Lazarillo* tuvo la mala suerte de ser escrito, no se sabe por quién, en el siglo XVI, y eso hace que el libro sea tomado muy en serio. Quiero decir que se convierta en lectura obligatoria en la escuela y eso lo fastidia.

A mí me leyeron algunas de sus aventuras, despacio, poco a poco, oyendo el mismo río que él oyó y entendí qué es la aventura de vivir cada día, y el significado de buscarse un hueco en la vida cuando las cosas no eran fáciles para los niños.

Si puedes, pide que te lo lean, que te escojan algunas aventuras, las más divertidas, donde el ingenio de Lázaro pone a prueba toda la experiencia de los adultos.

Índice

Escribieron y dibujaron…

Juan
Farias

Juan Farias nació el 31 de marzo de 1935 en el pueblo costero de Serantes (La Coruña). Estudió náutica y, después de recorrer el mundo a bordo de un barco, se dedicó a su verdadera vocación: la literatura. La calidad literaria de su obra es fiel reflejo de honda calidad humana. Sus propias palabras así lo de- demuestran:

Me llamo Juan y soy lo que queda de un viejo marinero.

Me gusta escribir y más cosas, hablar con unos y con otros, ir y venir teniendo siempre por mejor camino el que me trae de vuelta a los míos.

Me asombran los amaneceres y colecciono puestas de sol.

Suelo escribir (si es que esto es escribir) sobre la gran aventura: lo cotidiano, que a veces es triste, a veces alegre, a veces doloroso.

No me interesan los capitanes que vuelan entre las estrellas, ni los vampiros si unos y otros no están enamorados.

Creéme, lo cotidiano es emocionante, no hay un minuto igual a otro, es un juego de luces que no saben estarse quietas.

Lo cotidiano está lleno de héroes, hombres y mujeres que no se rinden, que luchan día a día por aquellos a los que quieren.

Querer, amar, es mi cuento preferido.

Alicia
Cañas Cortázar

—*Alicia Cañas nació en* *Cirueña (Rioja). Estudió Bellas Artes y se dedicó a la pintura hasta que comenzó a ilustrar libros infantiles. En la actualidad es una de las ilustradoras de más prestigio en España. ¿Qué representó para usted este cambio?*

—Cuando conocí el mundo de los cuentos, con animales y personajes imaginarios, me cautivó. Para mí, la ilustración se ha convertido en una actividad emocionante, que me hace pensar, soñar, trabajar y esforzarme, creando una grata sensación de búsqueda, magia y placer.

—*¿Había ilustrado en alguna otra ocasión un texto de Juan Farias?*

—Ésta es mi segunda colaboración con él. El primer libro fue *Los duendes.* Ilustrar un libro tan hermoso como éste ha supuesto para mí un reto y un placer, por su calidad literaria y su sugerente plasticidad.

—*¿Qué pasajes de este libro le han parecido más interesantes de destacar?*

Todo el libro me parece una poesía; me emocionó tanto, que incluso me puse en contacto con el autor para felicitarle y comunicarle la honda impresión que me había causado la lectura, sobre todo el final, cuando Maroliña encuentra el mensaje de su abuelo entre las páginas de un libro.

—*¿Qué técnica ha utilizado para conseguir reflejar esa imagen poética que continuamente se desprende del texto?*

Me he ocupado, sobre todo, de darle soltura al trazo y un aire fresco y ligero que creara un dibujo sugerente, con un material sencillo, como es el lápiz de grafito. Conceptualmente, me ha resultado algo más complicado por la simplicidad que requieren a veces determinadas escenas o motivos.

SOPA DE LIBROS

OTROS TÍTULOS PUBLICADOS
A PARTIR DE 10 AÑOS

Las raíces del mar
Fernando Alonso

Si la ciudad de Siburgo se encuentra
a trescientos kilómetros del mar, ¿cómo
es posible que exista la tradición entre
los jóvenes de ir a navegar y surcar los siete
mares? La clave del secreto está nada menos
que en la biblioteca, adonde acuden Mar
y Ramón...

La bolsa o la vida
Hazel Townson

Ante la posibilidad de que se produzcan
catástrofes, Colin suele llevar consigo una bolsa
con los utensilios imprescindibles para una
situación de emergencia. No obstante, cuando
se produce la alarma en la Central de Energía
Atómica, él no dispone de su bolsa pero
su generosidad es decisiva en el
desenlace...

Operación Yogur
Juan Carlos Eguillor

A María y a sus amigos les gusta
comer pies de goma negra, manos blandas,
esqueletos azules y corazones de azúcar.
Un día encuentran un yogur parlanchín...

La casa del árbol
Bianca Pitzorno

¿Sabes qué les sucederá a dos chicas que,
cansadas de su piso de la ciudad, eligen
la copa de un árbol para vivir?
Allí construirán una casa para recibir
amigos y celebrar fiestas.

Una nariz muy larga
Lukas Hartmann

Durante unas vacaciones, Lena y Pit
se alejan de la playa y caminan hasta
la entrada de una cueva. Allí se encuentran
con un personaje vestido con una túnica
y que oculta su cara con las manos...

Las horas largas
Concha López Narváez

Como cada año, los pastores inician su viaje:
hay que conducir más de mil ovejas desde
las sierras de Burgos a tierras de Extremadura.
Martín es un zagal decidido a recorrer
los caminos de la Mesta.

La mirada oscura
Joan Manuel Gisbert

Hace años, la extraña conducta del granjero
Eugenio Aceves le convirtió en el principal
sospechoso de dos asesinatos y tuvo
que huir del pueblo. Pero ahora, el enigmático
personaje ha vuelto y Regina, la protagonista,
teme por la vida de su padre, empleado
de la granja. Mientras los vecinos
exigen justicia.

Tiempo de nubes negras
Manuel L. Alonso

Un día en que Manolo se encuentra solo
en casa descubre unas esposas que su padre
ocultaba y se pone a jugar con ellas.
Cuando quiere quitárselas se da cuenta
de que no tiene la llave.

Cuando los gatos se sienten tan solos
Mariasun Landa

La mejor compañía para Maider es su gata Ofelia. Junto a ella es más fácil sobrellevar ciertas contrariedades familiares. Por eso, el día en que la gata se escapa del caserío, Maider sale en su busca sin importarle el riesgo.

El pazo vacío
Xavier P. Docampo

A Nicolás le aburre la escuela pero se lo pasa fenomenal con su tío Delio, que es relojero y vive en un viejo vagón de tren. La gran aventura comienza cuando descubren, en el doble fondo de un reloj antiguo, unas cartas comprometedoras y deciden investigar en un pazo deshabitado, donde parece ser que se halla la clave del misterio.

Cuaderno de agosto
Alice Vieira

En el diario que escribe Gloria durante unas vacaciones de agosto intercala algunos capítulos de una novela rosa que está escribiendo su madre, que trae en jaque a toda la familia. Las afinidades entre «personajes» y «personas» muestran a las claras hasta qué punto es el afecto el auténtico motor de la vida cotidiana...

2